獻給親愛的爸媽

我們的故事系列

米米說不

文 周逸芬　圖 陳致元

總編輯 周逸芬　編輯 程如雯

美編 陳致元　游詩涵

發行人 周逸芬　出版者 和英出版社

www.heryin.com　editor@heryin.com

地址 新竹市金山街87號　電話 03 563-6699

郵撥 19180493　和英出版社　定價 320 元

ISBN 978-986-7942-99-9

初版一刷2008年6月　初版四刷2009年10月

米米說不

文 周逸芬　圖 陳致元

和英出版社

媽媽幫你穿衣服，好不好？

不要！

我自己穿衣服

媽媽幫你倒牛奶，好不好？

不要！

我自己
倒牛奶

媽媽開車載你去溜滑梯，
好不好？

不(ㄅㄨˋ)要(一ㄠˋ)！

我(ㄨㄛˇ)自(ㄗˋ)己(ㄐㄧˇ)
走(ㄗㄡˇ)路(ㄌㄨˋ)

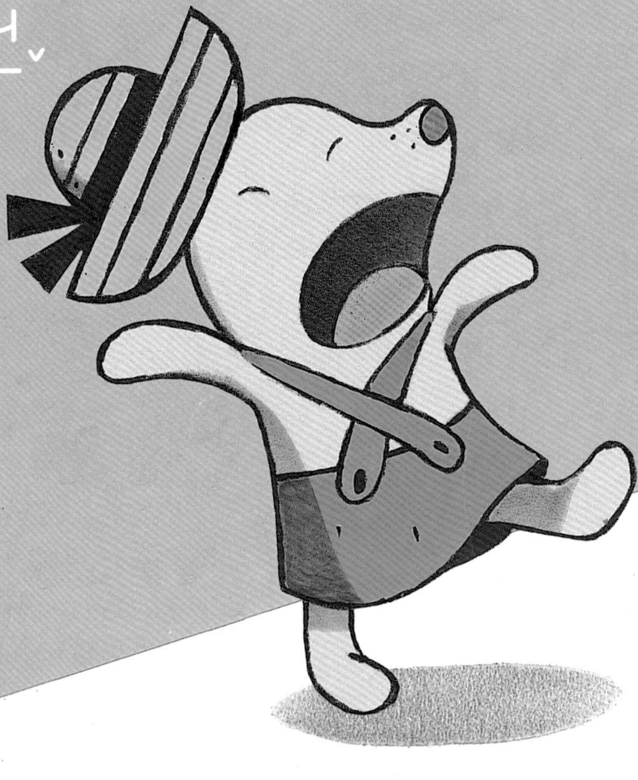

媽ㄇㄚ媽ㄇㄚ扶ㄈㄨ你ㄋㄧ爬ㄆㄚ階ㄐㄧㄝ梯ㄊㄧ！

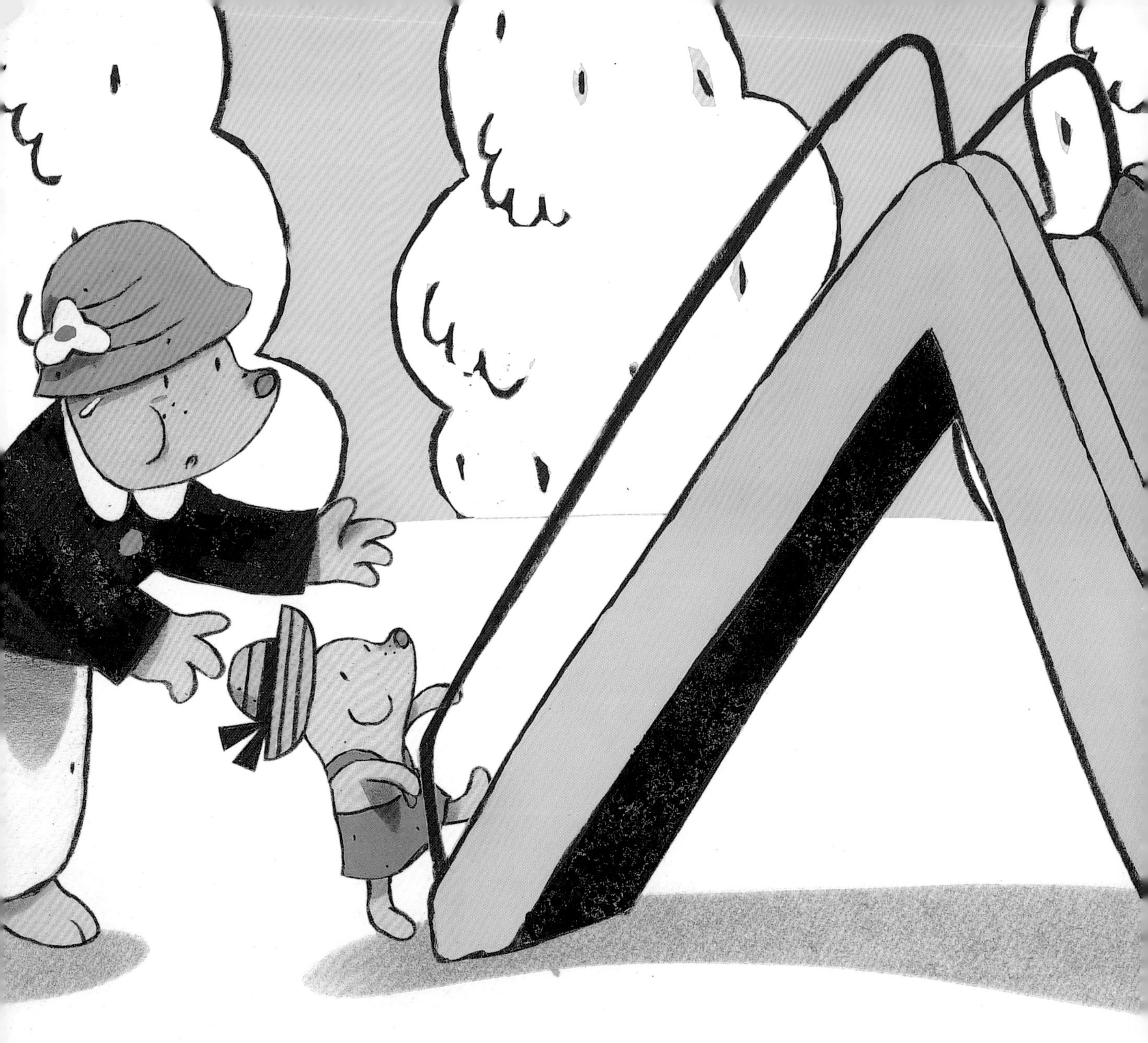

不ㄅㄨˊ要ㄧㄠˋ！

我ㄨㄛˇ自ㄗˋ己ㄐㄧˇ
爬ㄆㄚˊ階ㄐㄧㄝ梯ㄊㄧ

噢

米ㄇㄧˇ米ㄇㄧˇ

大ㄉㄚˋ哭ㄎㄨ

媽ㄇㄚ媽ㄇㄚ˙好ㄏㄠˇ想ㄒㄧㄤˇ抱ㄅㄠˋ米ㄇㄧˇ米ㄇㄧˇ喔ㄛ！

不ㄅㄨˊ要ㄧㄠˋ

我 ㄨㄛˇ 自 ㄗˋ 己 ㄐㄧˇ

抱 ㄅㄠˋ 媽 ㄇㄚ 媽 ㄇㄚ˙